침묵의 푸른 이랑

침묵의 푸른 이랑

이태수 시집

민음의 시 188

민음사

白序

열한 번째 시집을 묶는다.
오랜 세월, 어쩌면 한결같이,
더 나은 세계에의 초월을 꿈꿔 왔으나
여전히 헤매고 있을 따름이다.
하지만 어쩌랴.
이르고 싶은 데가 보일 때까지,
침묵 너머의 저 그윽한 세계가
설령 끝내 보이지 않는다고 하더라도,
갈 수 있을 때까지는,
이 무명의 숙명과도 같은 길을
비켜서지 않고 걸어가고 싶다.

2012년 가을
이태수

차례

2부

1부

달빛

깊은 밤, 달빛이 나를 어디론가 끌고 간다.
멀리 따스하게 깜빡이는
불빛 몇 점,
하지만 아직은 저 마을로 돌아가고 싶지 않다.

언젠가 잠 속에 깊이 빠져 있었을 때,
침실로 다시 돌아와 보면
꿈속의 풍경들이 까마득하게 지워져 있듯,

언젠가 마음 아파 그 아픔이 하염없었을 때,
내 생애가 다만 하나의 점으로 떠서
작아질 대로 작아진 한 톨 불씨가 되어 있듯,

내 마음은 여전히 적멸궁(寂滅宮)이다.
깊은 밤, 달빛에 젖고 또 젖어 걸으면
몇 점, 마을의 저 따스한 불빛이
차라리 아프다. 환하게 아픈 그림 같다.

구름 한 채

구름 한 채 허공에 떠 있다
떠 있는 게 아니라 거기 단단히 붙들려 있다
한참 올려다 봐도 그 자리에 그대로다
풀 것 다 풀어 놓고 클 태(太) 자로 드러누워
꿈속에 든 건지, 미동조차 없다

아무리 끌어당겨도 아득한
내 마음의 다락방이 유독 큰 저 집,
눈을 감았다 떠 보면
새들이 불현듯 까마득하게 날아올라
허공을 뚫고 있다
구름을 날카로운 부리로 마구 쪼아 댄다

그분은 이 한낮에도 캄캄한 마음
다듬이로 두드려 구김살 펴 주고
주름들을 다림질해 준다
나도 모르는 허물들마저 하나씩 지우면서
그중 유별니게 깊이 파인 영혼의 골을 메운다
궁륭 같은 골에 날개를 달아 준다

하지만 내가 여전히 움직이지 못하는 사이
구름 한 채 무참하게 이지러진다
며칠째 두문불출, 내가 구들장을 지고 있는
우리 집, 창 앞까지 낯익은 새들이 날아든다
아무 일도 없었던 것처럼
새들은 저희끼리 목청을 가다듬고 있다

정오 한때
—— 뜨거운 침묵

나무 그늘 장의자에 누워 쉬는 정오 한때
내 눈길은 맞은편 벽에 붙박인다
햇볕이 내리쬐고
뜨거운 침묵이 벽 전체를 점유한다

내 눈길은 벽면의 햇빛에 포개진다
꽃무늬 커튼 드리운 창문들도
굳게 닫혀 있다

불현듯, 가느다란 바이올린 선율,
이 오수에 이마 조아리기라도 하듯
창틈으로 조심조심 기어 나온다
벽면의 햇빛이 미동하는 듯하더니 잇따라
소프라노 소리가 유리구슬처럼 굴러떨어진다

순간, 화들짝 일어난 침묵의 무리들이
벽을 타고 수직으로 올라간다
여진히 햇볕 쏟아시는 하늘,
산꼭대기에 걸린 뜬구름 몇 조각이 졸고 있다

노랫소리 그치자 구름에 닿던 내 눈길이
맞은편 벽의 창문으로 돌아온다
뜨거운 침묵이 다시 벽 전체를 점유한다

어느 빈 마을

— 침묵의 영토

마을이 온통 가라앉아 있다
이 마을에 유난히 낮게 내려온 하늘,
모든 집들은 서거나 앉지 않고 누워 있다
아주 편안하게 잠든 사람들같이
가지런히 누워 포근한 이불을 덮듯
하늘을 끌어당겨 뒤집어쓰고 있다

이 마을에는 오로지 침묵만이
잘 자라는 나무 같고 무성한 풀잎 같다
침묵의 찌꺼기들은 아무 데도 보이지 않고
내 숨소리가 유별나게 이질적인 빈말이다
몇 조각의 구름은 커다란 이불 무늬,
침묵 속에 멈춰 서서 미동도 하지 않는 배에
부딪쳤다 슬며시 유영하는 물고기들 같다

흔들리지 않는 나뭇잎들은 마치
잘못 날아들어 숨죽이고 있는 나비 떼,
더너구나 새늘이 지저귀며 날아들거나
길짐승들이 기어들 기미조차 보이지 않는다

동구 밖 둥그런 저수지는
몸집 키운 침묵이 찍어 놓은 인장 자국 같고
발만 떼면 내 발자국 소리가 그대로 우레다

텅 빈 지 오래된 이 마을에는
침묵 너머의 말들만 한데 어우러져
입 벌어진 채 눈을 뜨고 있을 뿐이다
하지만 여전히 사위를 완강하게 옥죄며
말을 건네고 내뱉는가 하면,
밑도 끝도 없이 안 보이고 들리지 않게
막무가내 떠들어 대고 있을 따름이다

어떤 신기루

—— 침묵의 무늬

허공에 봉분 하나 환하게 떠 있다
구름에 절반쯤 몸을 가린 채
둥그렇게 떠 있는 저 집,
마지막 다다름에 이른 침묵의 저 집

아무도 보이지 않는 집들의
모든 벽들이 일제히 몸을 비튼다
땅을 짚으며 느리게, 다시 조금 더 느리게
일어서다가 주저앉는다

그가 둥글게 와서 둥글게 떠나 버린 뒤
모든 길들은 매미 허물같이 부스스하다
사람들이 뱉어 놓는 말 찌꺼기들이
그 길들 위에 어지러이 나뒹굴고 있다

해 질 녘, 그가 남긴 침묵의 무늬들이
간간히 길 위에 어른대다가 스러진다
꿈결같이 환하던 그 봉분 하나
허공 깊이 가뭇없이 사라져 버렸다

저녁 숲
— 신성한 침묵

달이 뜨고 별들이 흩어져 앉는다
흐릿한 외길은 산발치로 구부러져 든다

바람은 그 길을 따라가듯 말 듯 가겠지만
숲은 제자리에서 어둠을 그러안는다
마냥 침묵에 빠진 그대로다

희미한 달빛과 별빛 사이를
늘보보다도 한참 더디게 걸어 숲에 든다
둥지의 새들이 잠시 지저귀다가
이내 잠을 불러들였는지, 기척이 없다
바람도 어디론가 다 가 버리고

어둑어둑한 산허리를 감싸 안듯이
엷게 드리워지는 밤안개

누군가 모자 깊숙이 얼굴 묻은 채
발자국 소리도 없이 스쳐 지나간다
그의 뒷모습도 이내 숲 속에 묻혀 버린다

밤하늘
── 침묵의 빛

밤하늘에 둥그렇게 보름달이 걸린다
어두워질수록 얼굴 환해지는 그 언저리

엷은 황금빛 작은 별들이
따로따로, 또는 서로 뺨 비비며
눈을 치켜뜨기 시작한다

정처도 없이 나를 따라오던 발자국들이
되돌아서서 숨죽이며 서 있다

자세히 들여다보니
바로 눈앞의 숲은 느린 듯 느리지만은 않게
침묵 속으로 길을 트는 중이다

바람도 한동안 갈 길을 잊어버렸는지
몸속으로 제 발자국 소리들을 끌어들인다

나뭇가지늘이 껴입은 어둠 위로
부드럽게 노 저어 오는 달빛,

그 뒤를 따라 별들이 종종걸음으로 내려온다

어둠 속에 잠기던 침묵은 이윽고
나무들 사이로 낯설게 환한 길을 내고 있다

새벽 풍경
── 깨어나는 침묵

새벽 어둠살 속에서 두 사람이 걸어가며
뭔가 가까이 귀엣말을 건네고 있다
그 나직한 말소리는
간밤의 침묵에서 막 깨어난 듯 부스스하다

눈 비비며 바짝 따라가면
두 사람의 발걸음은 조금씩 속도가 붙는다
동녘이 불그레하게 설레고
쓰레기차가 스르르 골목길로 다가온다

이슬방울을 매단 풀잎들은 서로
침묵의 무늬들을 떨쳐 내듯 온몸 흔들어 대고
바로 그 옆의 낮은 담장들이 하늘을 쳐다본다
── 그래, 간밤 꿈속의 말은 다 쓰레기들이야

이제 곧 뛰어내릴 햇살을 그러안기 위해
두 사람이 꺾어 든 골목길을 놓아 버린다
큰길 쪽을 향해 방향을 바꾸자 이내
쓰레기차가 앞질러 저만큼 달려간다

달빛 속의 벽오동

달빛이 침묵의 비단결 같다
우두커니 서 있는 벽오동나무 한 그루,
그 비단결에 감싸인 채
제 발치를 물끄러미 내려다보고 있다
깊은 침묵에 빠져들어
마지막으로 지는 잎사귀들을 들여다보고 있다

벗을 것 다 벗은 저 늙은 벽오동나무는
마치 먼 세상의 성자, 오로지
침묵으로 환해지는 성자 같다
말 없는 말들을 채우고 다지고 지우는 저 나무,
밤 이슥토록 달빛 비단옷 입고
이쪽을 그윽하게 바라보고 있다

오랜 세월 봉황 품어 보려는 꿈을 꿨는지,
그 이루지 못한 꿈속에 들어 버렸는지,
제 몸을 다 내려놓으려는 자세로 서 있다
달빛 비단 자락 가득히
비단결 같은 가야금 소리, 거문고 소리,
침묵 너머 깊숙이 머금고 있다

우울한 몽상

*

나를 따라오던 길이 툭, 끊어집니다
건널목 앞에 이르자 느닷없는 회오리바람,
몇 가닥 구불구불한 길이
허공 깊숙이 빨려 들어가다 이지러집니다

건널목을 막 지나자 불현듯
앞에서 나를 끌어당겨 주던 길들마저
가뭇없이 사라져 버립니다
── 내가 어디로 가고 있었지……

유리알같이 차갑고 투명한 하늘,
새들의 길은 곧바로 흔적 없이 지워집니다
뒤돌아보면 건널목 한가운데
구름 그림자 하나 가만히 멈춰 서 있습니다

**

내가 내 안으로 걸어 들어갑니다

들어갈수록 캄캄한 바다

수평선 저쪽의 집어등과 포구의 등대 사이,
파도와 또 다른 파도 사이의
바람 소리

먼 바다에 켜진 불빛과 포구에서 뱃길을 지키는
불빛 사이, 나와 내 안의 나 사이의
파도 소리

하늘엔 별들이 촘촘하게 돋아납니다

내 안에서 내가 다시 걸어 나옵니다

꿈속의 집 1

내 마음의 집은 저 허공에 있는가 봅니다
옥빛 지붕 아래 둥글고 포근한 방,
슬며시 거기 깃들어
그와 함께 다디단 잠속에 빠져듭니다
이 얼마나 기다려 오던 꿈이었는지요

그런가 했는데, 어느새 내려왔는지
집 전체가 강물 속입니다
깊고 푸른 방은 부드럽고 그윽합니다
녹록하고 따스하게 번져 흐르는 불빛,

그 불빛 지그시 끌어당기는 동안
이게 웬일입니까
이번엔 그 집이 강가 산발치의 키 큰 은사시나무,
그 꼭대기에서 조그맣게 흔들리고 있습니다

그것도 잠깐 사이, 강물 속으로 미끄러졌다가는
또 은사시나무 가시 끝, 까지눙지 옆입니다
눈부신 햇살을 부리에 가득 물고

비상하는 저 새 떼들,

새들보다 한참 느리게 허공에 다시 떠오릅니다
아득하게 떠올라서는 안 보이다 보이다 하는
꿈속의 나의 집
부질없는 마음에 부질없이 어른거리는
바람 소리, 새소리, 물소리

꿈속의 집 2

해종일 집에 붙박여 낮게 헤매다가,
멀리 바라보이는 창밖의 허공에
열두 채도 넘는 청기와집을 짓다가 부수다가,
주저앉은 자리에서 그대로 바라봅니다
어느새 또 불콰하게 술렁이는 서녘 하늘,
앞으로만 가고 있는 시간의 뒷모습

그 뒷모습 뒤에 앉거나 서서 꿈을 꿉니다
어두워져도 창밖을 바라보면서
어두워질수록 영롱해지는 별빛을 기다립니다
오는 듯 가서는 아무리 불러도 되돌아오지 않는
그를 서럽도록 기다립니다
언제까지나 기리고 그리워할 따름일지라도
그를 기다리며, 그와 함께할 시간들을 위하여

아득한 꿈속에 청기와집을 짓습니다
지었다가 부수고 다시 짓고 부수고 짓습니다
이슬빙울 속에서, 낮이 가고 밤이 깊어도
물방울 속으로 들어가 그런 꿈을 끌어당깁니다

이룰 수 없어 더욱 아름다운, 하지만 꼭 가 닿아
깃들이고 싶은, 꿈속의 집을 더듬어 목 태웁니다
오늘 하루도 또 그렇게 가고 있습니다

꿈속의 집 3

집이 있어도 집을 찾아 헤맵니다
집에서도, 길 위에서도 집을 더듬어 떠돕니다
때로는 밤이 깊을수록 더욱 그렇습니다
잠들어서는 더더욱 그렇습니다

찾던 집이 이따금 몽매에 보일 때도 있으나
이내 물러서 버립니다
꿈속마다 달라져 긴가민가 망설이다가
대문을 밀면 꿈 밖으로 밀려나 버리고 맙니다

길 위에서도, 집에서도 집을 찾아 목 태웁니다
낮이나 밤이나 잠자면서도 이즈음은
그윽하게 마음 깃들일 집 생각뿐입니다

집은 있어도 언제나 기리는 집은 가물거립니다
여기 앉아 있어도 어디쯤 내가 앉아 있는지,
어디로 떠내려가고 있는지조차
눈 크게 뜨면 뜰수록 아득해집니다

내가 나를 찾아 헤매는 이 순간은
집에서 집을 찾아 떠도는 길 위의 순간입니다
나를 잃어버린 이 낯익은 길 위에서
낯선 집을 목마르게 기리는 마음, 하염없습니다

점등(點燈)을 꿈꾸다

가로등은 해 지면 불이 켜지게 마련이지만
어두워져도 내 마음엔 불이 들어오지 않습니다
달빛도 별빛도 다 숨어 버리고 나면
그냥 그대로 어둠 속입니다

나는 왜 마음의 불을 못 밝히는 걸까요
가로등은 제때 불이 켜지지만
그런 장치가 안 돼 있기 때문일는지요

뜬금없는 비약일는지 모르겠으나
내 마음이 저 달과 별들의 작은 바탕이라도
돼 주고 있는 것일까요

더욱 기가 차는 건 대낮입니다
날이 환하게 밝아도, 해가 중천에 떠도
마음은 마냥 짙은 그늘 속입니다

이 노한 상지가 안 돼 있기 때문일는지요
햇빛이 다 태워 버려서 이렇게 된 걸까요

아무튼 마음은 도무지 캄캄하기만 합니다

해종일, 밤이 오고 나서도,
한 가닥 빛을 불러들이려, 그런 장치를 위하여
안간힘 다해 배밀이를 하고 있습니다
그런 꿈을 더듬어 어둠 속을 헤매고 있습니다

잠 안 오는 밤

달리던 길들이 밤늦도록 거꾸로 달려온다
오늘 내가 달리던 길은 맨 앞에서
과속의 자동차를 밀어붙이며 쫓아온다

내가 달리던 길들이 한 묶음으로 끌려오고
밑도 끝도 없이 집까지 쳐들어온 길들이
거미줄보다 가늘게 얽히고설켜 방 안을 메운다
가슴과 머릿속에 가득 찬다

쇠줄보다도 단단하게 얽히고설켰던 길들이
언제 그랬느냐는 듯이 풀어지면서 되돌아간다
가장 먼저 달려온 길부터 차례로 달려간다

나와는 전혀 상관없다는 듯이 속도를 붙이며
왔던 길을 저마다 돌아간다
내가 달리던 길들을 죄다 지우면서 간다
날이 밝기 전에 길들을 다 잃어버리고 만다

마음눈

이른 아침, 창밖에는
산허리 감싸 안은 물안개

산발치 외길엔 밤을 지새운 가로등이
흐릿한 불빛을 흘리고 있다

며칠째 지독한 몸살,
길 잃고 제자리걸음이나 뒷걸음질하는
마음이 더 아프다
벽 앞의 마음눈이 더 캄캄하다

눈을 감고 신열(身熱) 깊숙이 들어간다
간밤 악몽 속의 망나니들이
마냥 그대로 칼춤을 추고 있다
눈을 떠 봐도 여전히

모든 문도 길도 어두운 벽이다
마음눈은 여전히 벽 속이다

눈 감고 눈뜨기

눈 뜨고 바라보면 보이지 않는다
눈 감고 나를 들여다본다
길 위에서 길을 잃고 떠돌던 내가
느릿느릿, 내 안으로 되돌아온다
앞모습도 가까이 보인다

제각각 달리던 길들과 바람 소리도
나를 따라 내게 들어온다
발목 잡듯 허둥지둥 일제히 쳐들어온다
이내 제 길로 되돌아간다
이윽고 낯익은 모노톤의 그림 한 장,

이 수묵빛 번지는 풍경 속에는
눈을 감아야 보이는 내가 눈뜬다
길을 찾아 걸어가는 모습이 보인다
밤하늘의 별처럼 어둠 속에서 눈뜬 내가
나를 떠나 다시 아득한 길을 나선다

풍경(風磬)

바람은 풍경을 흔들어 댑니다
풍경 소리는 하늘 아래 퍼져 나갑니다

그 소리의 의미를 알지 못하는 나는
그 속마음의 그윽한 적막을 알 리 없습니다

바람은 끊임없이 나를 흔듭니다
흔들릴수록 자꾸만 어두워져 버립니다

어둡고 아플수록 풍경은
맑고 밝은 소리를 길어 나릅니다

비워도 비워 내도 채워지는 나는
아픔과 어둠에서 자유로울 수 없습니다

어두워질수록 명징하게 울리는 풍경은
아마도 모든 걸 다 비워 내서 그런가 봅니다

2부

둥근 길

경주 남산 돌부처는 눈이 없다
귀도 코도 입도 없다

천년 바람에 껍데기 다 내주고
천년을 거슬러 되돌아가고 있다
안 보고 안 듣고 안 맡으려 하거나
더 할 말이 없어서가 아니다

천년의 알맹이 안으로 쟁여 가기 위해
다시 천년의 새길을 보듬어 오기 위해
느릿느릿 돌로 되돌아가고 있다
돌 속의 둥근 길을 가고 있다

새 천년을 새롭게 열기 위해
둥글게 돌 속의 길을 가고 있다

돌탑 옆에서

거기 마냥 그대로 깨어 있는지, 선 채로 적멸에 든 건지, 오른쪽으로 조금은 기우뚱한

돌탑 하나

새들이 어깨에 내려앉아 아무리 재잘거려도, 나뭇잎 흩날려 발치에 수북이 쌓여도 아랑곳하지 않는다

해 질 녘엔 노을 몇 가닥 드리운 채, 이내 어둠이 밀려와도, 날이 저물고 나서도 오로지 하늘을 받들고 서 있는

저 오래된 돌탑 하나

별 총총 눈 뜨는 어둠 속에서 새삼 들여다보면, 나는 한 가닥 바람, 한갓되이 흔들리는 나뭇잎,

보일 듯 말 듯 떠도는 한 알의 먼지에 지나지 않는 것을……

파계사 가는 길

파계사 가는 길은 새삼 낯설다
계곡을 꽉 움켜잡은 바위와 소나무들
물소리에 포개지는 몇 조각 뜬구름

불현듯, 이름 모를 작은 새들이
피치카토*로 내 앞을 가로질러 날아간다
소나무 그늘 사이로 쏟아지는 햇살과
그 틈바구니로 느리게 울리는 범종소리

하지만 눈물겨워라
이지러진 마음 아무리 뒤집어 말려 보아도
가야 할 길은 저만큼 흔들리고 있다
젖은 북소리 안고 허공 깊숙이 떠 있다

바위와 소나무들은 아랑곳하지 않고
계곡을 꽉 움켜잡은 채
물소리 경전을 외고 있다

* 활을 쓰는 현악기의 현을 손끝으로 퉁겨 연주하는 주법.

몽돌꽃

정자 앞바다 돌 구르는 소리,
파도가 부드럽게 돌들을 굴립니다
그중 하나를 손에 쥐고 들여다보니
물기 머금은 꽃 한 송이 피어 있습니다

이 꽃은 도대체 몇 해 만에 핀 걸까요
어디서부터, 얼마나 물을 안고 뒹굴었으면
돌 속에 이다지 예쁜 꽃이 피어났을까요

모가 다 닳아야 둥글어지고, 둥글어져야 생명을 잉태할
수 있다는 건 모가 한참 덜 닳은 지금도 알 수 있습니다만,
내가 여태 꽃 한 송이 제대로 피우지 못한 까닭도 모르는
바 아닙니다만, 우리가 마지막 돌아가야 할 곳도 둥긂 속이
라는 걸 알고 있긴 합니다마는,

나는 세상 파도에 아무리 뒹굴어도 둥글어지기는커녕
왜 모가 새로 생겨나기까지 하는 걸까요 모가 뾰족하던 돌
들이 서희끼리 부딪치며 물과 함께 구르고 또 굴러 모난
데를 다 지우는 건, 둥글어져서 제 몸속에 예쁜 꽃까지 피

워 내는 건, 그런 마음자리 때문이기만 할는지요

물 한 잔 마시고 다시 들여다보니
이건 또 웬일입니까
물기 마른 몽돌은 어느새 슬며시
꽃잎들을 안으로 끌어당기고 있습니다

물 한 잔 더 들이켠 뒤
몽돌에 물을 축여 들여다봅니다
촉촉이 물기 머금은 꽃 한 송이
목마르도록 한결 예쁘게 피어오릅니다

군위 삼존 석굴

팔공산 자락 부계 남산 절벽의 아도굴,
먼 신라 극달 화상이 이 궁륭 아스라이 밝혀
서방 정토 눈부신 길, 트고 닦으려 했을까
불꽃무늬 대좌에 결가부좌한 아미타불의
저 그지없이 따스한 미소

신라 불타로 이 땅에 거듭나 억겁,
두 발바닥 하늘 향해 포갠 아미타불의
무릎 위엔 오른손. 손가락이 땅을 가리키는
항마촉지인(降魔觸地印)
그 좌우엔 작은 불상과 정병을 거느린
삼면관 쓴 관세음보살과 대세지보살
하늘거리는 옷자락의 그 환한 언저리

앞뜰에 삼존 우러러 버티어 선 모전 석탑도
온갖 세파 죄다 끌어안는 동안
백팔번뇌 바이없이 안아 올리는 아미타불,
두 보살과 더불어 이마에 불 환히 밝혀
다시 억겁 무명(無明)을 흔들어 깨우고 있다

산다는 건 언제나

나무들이 잎사귀를 떨어뜨립니다
바람이 발길을 멈춘 동안에도
헐렁해진 제 몸을 안간힘으로 흔들어 댑니다
누렇게 지친 잎사귀들이 깍지 끼고 매달려도
막무가내 뿌리칩니다

서산마루에 희멀겋게 걸려 있던 낮달도
발길 재촉하며 사라져 버렸습니다
달이 기울면 다시 둥글게 차오르듯이
산다는 건 언제나 비워 내고 내려놓는 일,
끝없이 떨치고 덜어 내는 일이 아닐는지요

이제 곧 계절이 바뀌고 겨울이 깊어지면
먼 길 따라 새봄이 돌아오겠지요
제자리에 서서도 제 갈 길 제대로 가는
나무들 사이, 서늘한 어둠 속에 서서
채우려던 마음 흔들어 비워 보고 있습니다

나무의 말

나무들이 아래로, 아래로 힘을 모은다
하늘이 뒤채며 그 속으로 빨려 들어간다
땅이 하늘을 배불리 마시고 나면
허공에는 이지러진 몇 장의 구름,
다급해지는 바람 소리뿐

풀들이 서걱서걱 모로 눕는다
남은 잎사귀들을 마저 놓아 버리는 저 나무들,
나도 마음을 야트막하게 내려놓는다
나무 안으로 나 있는 길을 더듬더듬
따라 들어가려 안간힘을 다해 본다

무정하게 앞으로, 앞으로만 가는 시간과
뒷걸음질만 하는 마음의 이 그늘들,
하지만 늦가을 나무들은 온몸으로 말을 한다
벗을 것 다 벗고 아래로 내려서고 또 내려서야
다시 올라가고 입을 것 다 입을 수 있다고,

땅이 저 허공의 집이고 방이며

땅속의 길이 곧 하늘오름길이라고,
때가 되면 어김없이 비우고 내려놓아야만
뛰어오르고 차오를 수 있다고 말없이 말을 한다
나무들이 하늘 끌어당기며 말을 한다

나무의 마음

나무는 언제나 어김없이 자기 마음을
내 마음에 끼었으려 합니다
그러나 내 마음이 그 마음을 다시
그 본디 마음에 넘겨주게 만들기도 합니다
그런 말 없는 말에 귀를 기울이게 합니다

나무들의 마음이 내 마음속에 밀려듭니다
아무 말 없이 밀치고 들어와서는
아무 말 하지 못하게 하는 불안도 안겨 줍니다
나무들은 끝내 아무 말을 하지 않으면서
내 마음에 끼었던 자기 마음을 도로 앗아갑니다

나무들 앞에 오래 마주 서 있으면
밀려드는 나무들의 마음 때문에 어지럽습니다
내 마음을 교란시키다가 소진시켜 버립니다
그런데도 내 마음속에는 한 가닥
나무의 말 없는 마음이 살아 숨을 쉽니다

저 광대무변

나무 그늘에 누워 하늘을 올려다본다.
서늘하고 두꺼운 그늘이
나무 꼭대기까지 나를 밀어 올린다.

한동안 안간힘으로 거기 매달리다가
막 지나가는 구름에 올라탄다.
허공 깊숙이 빨려 들어간다.

새들이 일제히 아득하게 날아오른다.
어디쯤 올라갔을까.
점점 작아지던 내가 보이지 않는다.

저 광대무변(廣大無邊), 나뭇가지에 매달리던
나뭇잎들이 땅 위에 떨어져 내리고 있다.
누워 있던 내가 벌떡 일어나 앉는다.

사라졌던 점이 점점 더 커지면서 내려온다.
내 몸속에 들어와 박힌다. 나는 다시
나무 그늘에 드러누워 하늘을 올려다본다.

눈, 눈, 눈

눈길을 나서다가 눈부셔 눈 감고 멈춰 서네

눈을 감아도 눈부신 눈은
내 마음 깊은 골짜기에도 자욱이 쌓여
눈뜰 수 없고, 눈을 뜰 수도 없네

눈 감고 눈떠 보려고 헤맸으나
밤이 가고 날이 밝아도 캄캄하기는 매한가지,
눈떠 보려는 안간힘으로 눈을 감고 있었으나
눈부신 눈이 펑펑 쏟아져 내려
어지러운 세상 눈부시게 덮고 있길래,
이내 햇살 눈부시게 쏟아져 내리길래,
눈 뜨고 눈길을 나서 보려 했는데
눈 감을 수밖에 없는 이 눈부심, 이 캄캄함,
눈을 감아도 떠도 눈뜰 수가 없어
무거워지는 마음 자꾸만 뒤집어 보지만
내 눈도, 쌓인 눈도, 내 마음의 눈도
어질어질 무겁고 캄캄해질 뿐인 이 한때

눈길을 나서다 멈춰 서서
눈을 감고도, 애써 눈 뜨고도 여전히
눈뜨지 못하는 이 질기고 질긴 무명(無明)이여

눈부시되 캄캄하고 아득한 이 세상길이여

아득한 길 1

*

기우는 해가 나뭇가지에 걸린다
자꾸만 내가 작아지는 동안
그림자는 드러누운 채 멀대같이 길어진다

노을 걸친 서산이 몸을 비트는 사이
나무와 바위들, 숲과 새들이
제 그림자 속으로 든다

(내가 내 그림자 속에 갇힌다)

**

반천에 둥그렇게 떠오른 달,
시린 하늘에 흩어져 앉아 있는 별들도
이 지상의 모든 그림자를 비춘다

가까이 낯설게 뿌려지는 저 말들,
마을도 집도 멀어지는 길 위에서
나는 어두운 점 하나로 떠돈다

* * *
밤새 떠돌던 점 하나가 방에 들어
잠든 또 하나의 점을 흔들어 깨운다
미명 비집으며 눈 뜨는 무명

동이 트고 해가 솟아오른다
하고 싶은 말들은 여전히 응달에서
깨진 놋그릇처럼 나뒹굴고 있다

(다시 나를 끌고 가는 내 그림자)

아득한 길 2

저 강을 건너야 한다.
징검다리도 나룻배도 없지만
미망이 시간을 더 들어 올리기 전에,
종이 다시 무겁게 울기 전에
건너가야 한다. 물길이 아무리 도도해도
안 보이던 길이 기지개 켜는
강의 저쪽으로 건너가야 한다.
지나온 길 지우며 둥글게 거듭나는
간밤 꿈속의 그 오솔길 더듬어
나를 가로막은 저 강을 건너야 한다.
미망이 강의 이쪽을 뒤덮기 전에
젖은 북이 더 젖어 울기 전에,
다가오다가는 이내 멀어지는
강 너머 아득한 저 허공의 길을.

아득한 길 3

며칠째 읽지도 쓰지도 않았다
책상 위의 책 위에 포개어지는 책들,
노트북은 귀만 열고 눈과 입을 닫았다
마음과 머리를 다 비워 보려 했으나
온갖 생각들이 희뿌옇게 출렁거렸다
내가 내뿜은 담배 연기처럼
빈방을 가득 메웠다

발바닥 가렵고 구두들이 들썩거렸다
몸을 비트는 노트북과 책들,
그래도 누웠다 앉았다 벽만 바라봤다

창밖의 눈발 성성한 산발치엔
나무들이 거칠게 서로 어깨를 부딪고
바람은 막무가내 쉬지 않고 주먹질이다
세상도 매한가지나 나는 눈도 입도 닫았다
밤이 오고, 책을 뒤적이다 노트북을 켰다
쓸 수도 안 쓸 수도 없는 낱말들이
나를 끌고 저만큼 헤매기 시작한다

아득한 길 4

누군가를 기다리다가, 그 누구라기보다
어느 누군가를 기다리고 기다리다가
감았던 눈을 뜬다.
하늘이 힘을 풀어 발등에 흘러내린다.
길들은 허공으로, 그 아득한 구렁 속으로
빨려 들어간다. 날 저물고 어둠살 깊숙이
앉거나 누워 있는 바위들, 그 옆이나 뒤에서
어깨 비비대며 서성거리는 나무들.

어디선가 새들이 하나둘 돌아온다.
나는 다시 내 속으로 천천히 깃들인다.
기다리던 어느 누군가의 발걸음 소리
불현듯 가까운 듯 어렴풋이 가물거린다.
밤하늘엔 별 총총,
구름 헤집으며 빛을 뿌리고 있다.
하지만 나는 여기 이대로
앉거나 서서 기다리는 바위, 아니면
한 그루 늘 푸른 나무이고 싶어진다.

아득한 길 5

집이 멀어져도 다른 방향으로 걸었다.
차갑고 어두운 길 위에서
그윽하게 둥근 집, 따스한 방을 더듬으면서,

마음 무거워지면 어둠 속에서 눈을 떴다.
눈을 감고서도 거기 이르러 안길 집과 방은
아득하다. 눈 뜨면 어김없이 눈뜨는 미망.

눈뜨는 것과 눈을 뜨는 것의 차이,
꿈과 지금 여기의 거리를 좁혀 줄
길은 물러서 버렸다. 그 사이에서 느리게 떠돈다.

그럼에도 나는 또 길을 나선다. 꿈을 꾼다.
길 위에서 길이 안 보이는 이 무명 속에서,
무거워지는 마음 뒤집고 또 뒤집으며 걷는다.

산그늘

산그늘 두터운 절벽 밑의 강물이 깊듯이,
강이 깊을수록 물소리가 그윽해지듯이,
강가의 산그늘에 깃들이면
마음도 그윽하게 깊어집니다.

강물소리 저리도 그윽한 건
산그늘 두터워 강이 깊어지는 탓이듯이,
내가 그를 따라 먼 길 나서는 건
그의 깊은 그늘 때문입니다.
우람한 저 산의 절벽보다 높은 곳에서
그는 언제나 넉넉하게 그늘을 드리워 줍니다.

헤매고 주저앉다가도 짙은 산그늘 아래
깊게 깨어 흐르는 강물소리를 따라
걸어갑니다. 그의 그늘 속 멀고 그윽한 길을
안간힘으로 더듬어 걸어갑니다.

산바람

문을 와락 밀치며 산바람이 들이닥칩니다

열린 문 저편 산 너머
구름 몇 조각
한가로이 흰 돛단배처럼 밀려옵니다

개었다 흐렸다 이제야 활짝 갠 산자락엔
초록 물결이 넘쳐납니다

마음의 문을 열어 볼 겨를도 없이
나는 허공 깊숙이
둥둥 떠가고 있습니다

쪽빛 모든 문을 열어젖히며 떠가고 있습니다

꿈, 부질없는 꿈

꿈 밖으로 밀려난 새벽
열린 창 너머 별들을 바라본다
꿈속의 모습 그대로 깜빡이는 별들,
앞산 이마로 굴러 내릴 듯 졸고 있다

팔을 뻗으면 이내 잡힐 듯
끝내 잡히지 않는,
가까이 까마득한 저 높이와 깊이

찬물 한 컵을 단숨에 들이켠다
환한 서늘함
갑자기 투명해지는 탁상시계 소리

일어나 앉아 눈을 감으면
한여름 밤의 꿈 부스러기들이
낡은 영상처럼 이지러지고 있다
뜨거워지다가도 이내 식어 버리는
꿈, 이 부질없는 꿈

아, 아직도 나는

붙들고 싶은 시간들이 손가락 사이로 빠져나간다.
늦은 오후, 아득해지는 길들.
나무들이 서로 어깨를 비비댄다. 그 발치에서
나는 내 그림자 속에 갇혀 저만큼 떠밀리고 있다.

하고 싶지만 입언저리에 말라붙은 말들이
낮달처럼 희미해진다. 구름에 가린 하늘이 땅 위로
미끄러지고, 몇 줄기 햇빛이 내 그림자를 끌어당긴다.
아니, 남김없이 빨아들인다.

구름이 또 하늘 자락 헤집으며 흘러간다.
작아질 대로 작아진 내가 닿을 수 없는 높이와
깊이의 꿈속을 기웃거린다. 간밤 잠 속에서 잠깐
만났다가 잃어버린 꿈, 그림자에 갇혀 버린 저 길들.

나무숲 속으로 새들이 날아든다. 이윽고 해는
서산마루에 걸렸다 내려서고, 길 잃고 헤매던 내가
그림자를 벗어난다. 안 보이는 그림자 속으로 들어간다.
— 아, 아직도 나는 내 그림자의 그림자.

3부

봄 길목

계곡물이 바위의 옆구리를 간질이며 간다
앞산 응달 이마엔 아직 분분한 잔설,
물가의 성급한 버들강아지들은 곧 꼬리칠 듯
참고 있던 끼를 풀어내면서
바람의 바짓가랑이를 잡아 흔든다

햇살 따스하게 헤집으며 나지막이
양지바른 오솔길을 골라 꿈속에 든다
내 마음속 저 야트막한 언덕에는
벌써 개나리 노란 꽃잎들, 겨우내 웅크렸던
야성들도 뾰족뾰족 움틔우고 있다

빈 나뭇가지에 쪼그리고 앉아 있던 멧새들은
보일 듯 말 듯 아주 얇게
하늘에 그린 포물선들을 포개면서 파닥인다
어디로 가는지, 비행기 한 대
은빛 날개 반짝이며 아득히 날아가고
나도 저만큼 가물가물 눈을 비비고 있다

영등날

무르익던 봄빛이 멈칫하네
꽃봉오리 터뜨리는 목련나무 가지를
흔들어 대는 바람 소리

때를 같이해 꽃잎 일제히 터뜨리다 말고
뿌리로 힘을 되돌리는
개나리 울타리

양지바른 담장 아래 모여 앉아
햇살 따끈하게 끌어당기며 놀던 아이들도
영등할머니 등쌀에 옷 더 껴입으러 간 건지,
잠깐 사이 아무도 보이지 않네
자꾸만 낮게 내려앉는 하늘,
때 아니게 흩날리는 눈보라

햇살 쪼던 멧새들도 다 어디 간 건지,
창밖 키 큰 버드나무 빈 가지엔
흔들리는 까치집 한 채

그런데도 봄맞이 창문 활짝 열어 놓고
꼭 끊으려 마음먹던 담배를
또 몇 개비째나 태우고 있는지……

가혹한 복음

때늦은 눈비 흩뿌리다 발길을 거둔다
언제 그런 적이 있었느냐는 듯
젖은 땅과 물오르는 나뭇가지마다
발 빠르게 뛰어내리는 봄볕,
가볍게 지저귀며 날고 있는 새들

하늘엔 짙은 하늘색 비행기 한 대가
어디로 가는지, 산 너머 가물가물 멀어진다
나도 어디론가 트인 길로 가고 싶다
겨우내 엎드려 뒤척이던 꿈들이
불현듯 투명해지듯
산수유, 목련, 벚나무들도 꽃잎을 터뜨린다

베란다에 서서 멀거니 바깥을 내다보다가
창문을 열어젖힌다
마음은 웬 날개를 달고 천방지축 날아다니지만
그도 잠시잠깐뿐
어지러이 부는 봄바람, 내리쬐는 봄볕이
낯익은 길들마저 어질어질 흩뜨려 놓는다

이러다간 길 위에서도 길을 잃고 헤매던
마음까지 도로 데려오는 건 아닐는지……
봄이 오면 으레 도지는 어질증 탓이기만 할까
이런 날의 유난히 쨍쨍한 봄볕은
아무래도 가혹한 복음 같아 두 손을 모은다

봄 몸살

며칠째 독한 몸살을 앓고 있습니다
오래 기다렸다고 화답하듯 봄이 서둘러 오는지,
아지랑이 유난히 아물아물 어지럽습니다
제멋대로겠지만 시샘 많은 바람은
정신 나간 여자 널뛰 듯합니다
이런 날은 나도 멋대로 뛰고 싶어집니다

하지만 마음뿐, 유수 같은 세월에 물처럼
떠내려가듯 또 낯익은 길 위에서 서성거립니다
안 가려 한다고, 붙잡으려 한다고,
세월도 나도 안 가고 붙잡힐 리 있겠습니까
꽃잎 내미는 개나리 울타리 너머
희미한 낮달, 파닥거리는 멧새들

휴대전화에 뜬 문자를 들여다보니
부음과 병문안 함께 가자는 메시지,
출산 소식이 차례로 들어와 있습니다
그리도 살아남으려고 안간힘 쓰던 사람이
먼 길 떠나가는 사이, 한 아기가 첫울음 터뜨렸군요

마음 무겁게 병문안 가는 길에 마주친
길가의 목련꽃들은 왜 이리 탐스러운지요

자동차 안에서 TV를 켜자 이게 웬 날벼락입니까
어느 나라에선 엄청난 지진 때문에 아비규환,
가까운 곳에선 전투기 두 대 추락의 비보군요
이 세상 바람은 시도 때도 없이
정신 나간 여자 널뛰 듯하는 모양입니다.
봄맞이 몸살로 곤죽이 된 내가
마지막이 될지 모르는 지기 병문안하러 온
병실 바로 앞에서 넋을 놓고 서 있습니다

봄비 소리

문 두드리는 소리에 눈을 떴습니다 비가 내리며 창을 두드리고 있습니다 창문을 열고 손을 내밀어 봅니다 손이 흠뻑 젖도록 빗물은 손바닥을 두드립니다 빗소리 따라 더디지 않은 걸음으로 봄이 젖은 얼굴을 들며 오고 있는가 봅니다

뜰에 세워 둔 자동차 지붕 위의 빗소리가 조금씩 커지고 있습니다 차츰 속도를 내며 뛰어내리는 빗줄기가 자동차 지붕을 두드려 대는 소리입니다 빗소리는 비가 내는 소리가 아니라 비를 받아들이는 것들이 빚는 소리들입니다

바깥으로 나가 봄을 재촉하는 비를 한껏 받아들이며 빗소리를 내고 싶어집니다 간밤 꿈속에서 본 형형색색의 봄꽃들이 일렬종대로 눈앞을 스쳐 지나갑니다 뜰에서는 모든 것들이 비를 받아들이며 제각각 새 아침의 봄비 소리를 내고 있습니다

복사꽃 봄밤

봄밤, 녹록하게 내리는 달빛 아래
흐드러진 복사꽃, 화사한 저 불꽃들

분홍 향기 퍼지는 산발치에서
나도 몰래 젖어 드는 마음

먼 길 떠난 그가 되돌아올 것만 같아
달빛 타고, 꽃불을 타고 올 것만 같아

마음속 깊이 내리는 달빛을 쟁이면서,
아릿아릿 꽃불을 피워 올리면서,

벚꽃 위의 눈꽃

허리가 너무 아파 병원에 가니 요로결석이란다
체외충격파 쇄석술로 치료하고 집으로 돌아왔다
언제 그랬느냐는 듯 멀쩡하다
벚꽃이 절정이라 창밖을 내다보고 있는데
때늦은 함박눈,
눈이 뒤집힐 정도로
사월 한가운데의 흐드러진 벚꽃 위를
하얗게 뒤덮고 있는 눈,
앞산도 저만큼 백발이다

요로의 조그마한 돌 하나 때문에
안절부절 통증 속을 헤매던 내가 참 우습다
초라하기 이를 데 없이
작아지다 못해 쥐구멍이라도 찾고 싶었다
하지만 그보다 더 야릇한 건 오늘 날씨,
몇 시간 동안 하늘이 노랬던 건
내 몸속의 돌 공장 하나 때문이라 치고
활짝 핀 벚꽃 위에 눈꽃 만발이라니……
미친 여자 널뛰 듯하던 하루도 저만큼 가고 있다

비 갠 아침

산발치의 풋풋한 풀잎과 나무들이
다투어 스트레칭을 하고 있다. 이른 아침,
퍼붓던 비 그치고 산허리 휘감은 안개를
고삐 쥔 나무들이 다 밀어 올려 버렸다.
창유리를 두드리는 햇살, 분주한 발길들,
난타 연주하듯 마구 뛰어내리는
저 발동작의 발랄함, 자유분방함.
창가에서 바라보고 있으면
간밤의 악몽 부스러기들도 죄다 씻겨 나간다.
때늦게 적벽돌 담장을 기어올라 피어 있는
능소화 몇 송이, 수줍은 듯 얼굴 붉히고
약속이라도 한 듯 새 떼가 일제히 날아든다.
나무에서 바위로, 바위에서 나무로
톡톡, 다 여문 콩알들처럼 튀고 있다.
밝은 마음 길 찾아 다시 나서고 싶어
담배 연기 몇 모금 내뿜는 사이
귓전을 때리는 니콜로 파가니니의
바이올린 선율, 절묘한 피치카토 몇 소절.

한여름 한낮

한여름 한낮이 길게 드러누워 있다
야트막한 집들도 낮잠에 빠졌다
사람은 아무도 보이지 않는다

바람 한 점 없는 땡볕 속
검보랏빛 도랑물이 끊어질 듯 말 듯
돌과 돌 사이로 기어간다
어디로 가는지, 간신히 가고 있다

나는 하염없이 내려간다
나무 그늘에 드러누운 채 내려가고
내려가다가 더 내려갈 데가 안 보여
허공을 기어오른다

가던 길 멈춰 선 뜬구름 한 채,
나 아닌 내가
그 위에 투명 인간처럼 엎드려
이쪽을 멀거니 내려다보고 있다

순간, 이름 모를 새 한 마리가
허공에 용수철처럼 튕겨 오르듯
하얀 날개를 파닥이고 있다

한여름의 몽상

산에 드니 산이 안 보인다. 깊은 골짜기
숲에 드니 나무와 풀, 바위만 눈에 들어온다.
가까스로 길을 벗어나자 흐릿하게
다가오는 길. 숲이 들어와 앉는다.

앞을 가로막으며 먼 산이 다가선다.
아득해지는 하늘, 염천 바람에 구름들이
산 너머 아득히 밀려간다. 나도 떠밀려간다.

허공에 한참 떠 있던 내가 두 발 오그리며
내려온다. 머뭇머뭇 내려오며 어쩔 수 없다는 듯
내게 다시 들어와 박힌다. 나무와 나무 사이,
풀과 풀들 사이를 가득 메우는 매미 소리,
푸른 그늘을 빚고 있는 그 소리의 메아리들이
산을 흔들어 일으킨다. 풀잎들과 나를 깨운다.

바람이 나를 업고 달리기 시작한다.
자욱한 매미 소리 위엔 옥빛 하늘, 허공 깊숙이
발바닥까지 붕붕 뜬다. 어제도 오늘도

비틀거리기만 하던 마을과 거리가 장난감처럼
내려다보인다. 거기서 더위 먹고 헤매는
내가 높이 떠 있는 나를 올려다본다.

가뭄

길을 가다가 또 길을 잃었다.
늘 걷던 길인데도 불현듯 앞이 막막해
놓아 버렸다. 놓아 버린 길 저편 언덕에
자욱하게 시들고 있는 개망초꽃들, 그 꽃들을
내려다보는 낮달. 희멀건 그 얼굴을 빼닮은
내 마음 한 가닥, 미끄러져 내리다
나뭇가지에 매달려 흔들린다.

오장육부 다 드러낸 강을 굽어보는
정자의 낡은 문짝들이 흔들리고 있다.
오랜 가뭄 끝에 소낙비가 쏟아지려는지
눅눅한 바람이 몰려온다.
산자락 가문 밭에 물을 퍼다 나르는
농부의 구릿빛 팔뚝에 흘러내리는 구슬땀,
내 등허리도 땀범벅이다.

땀범벅이다. 삼복에 길을 잃고 헤매는 날들이,
그런 떠돌이 마음의 눈도 코도 입도 그렇다.
늘 걷던 길인데도 자꾸만 앞이 막막해

놓았던 길을 붙잡으려 하면 할수록 멀리
물러나 버린다. 비를 부르던 바람도 잦아들고
떠돌던 내 마음 한 가닥,
나뭇가지에 매달려 마냥 흔들리고 있다.

소나기

앞뜰의 나무들이 수런거린다.
젖은 잎사귀 펄럭거리며 저희끼리
무슨 암호인지 은밀하게 주고받는다.
바람은 알았다는 듯이 잰걸음으로 가고 오고
까치들이 둥지 밖에서 목청을 돋운다.

또 큰비 쏟으려는지, 하늘 자락이
자꾸만 미끄러져 내린다.
어딘가 커다란 구멍이라도 뚫릴 듯
요란한 천둥, 번개.
멧새들도 나무에서 나무로 다급히 난다.

집을 나서다 말고 갈 길을 잃는다.
비워도 비워 내도 무거워지는 마음을
처마 밑에 내려 본다. 뜰에 발 묶인 채
마구 짓이겨 봐도 되레 더 차오른다.
미친 듯이 비가 쏟아지기 시작한다.

순식간에 발목까지 차오르는 빗물과

빗발에 가리어지는 산자락.

나무 몇 그루 뿌리째 넘어진다. 콸콸콸

요동치는 물살. 나뭇가지들도

내 마음도 막무가내 휩쓸리고 있다.

장마, 맑게 갠 하루

오랜만에 맑게 갠 하늘, 앞산마루 위에
양떼구름 유유자적 느림보다.
창 너머 야트막한 지붕 옆 빨랫줄엔
형형색색 펄럭이는 옷가지들,
빈 유모차를 더디게 밀고 가던 노파는
허리 구부린 채 땀을 훔치고 있다.

올해 장마는 유난히 길고 어두운 터널 같아
무겁고 지루하다. 팔을 뻗게 한다.
끈끈하게 절어 있던 마음, 모처럼
밑도 끝도 없이 투명한 햇살을 끌어당긴다.
제자리에 마냥 그대로 서 있는 나무들도
깃발처럼 커다란 잎사귀들을 흔든다.

어디에 깃들었다 온 건지, 작은 새들은
천방지축 허공을 날아오르며 지저귄다.
하지만 너무 눈부셔 안간힘으로
마음속 새 길을 더듬어 찾아 나설 뿐,
등나무 그늘 살평상에는 헐렁하게

태엽 풀어진 채 앉아 있는 몇몇 노인들.

그 그늘에 나도 몰래 이끌려 들어가
풀어진 태엽을 되감고 또 감아 보지만
도무지 감기지 않는다.
다시 느린 걸음으로 흘러가는 양떼구름을
멀거니 바라보고 있을 수밖에, 거기 마음 실어
하늘을 올려다보며 서 있을 수밖에.

여름 숲

초여름 한낮의 숲은 점점 무성해집니다
나뭇가지들은 오로지 말을 안으로 쟁이며
빗장 지르고 벽을 쌓듯 잎사귀들로
빼곡하게 뒤덮고 있습니다

무슨 새인지, 주둥이 큰 새들이
나뭇가지 사이를 비집으며 지저귑니다
나름의 수작을 거는 모양이지만
나뭇잎들만 조금씩 흔들릴 따름입니다

새들은 나무들의 말을 알아듣지 못해도
그 침묵의 눈빛이라도 읽고 있는 걸까요
그 눈빛은 숲 위에 따끈하게 뛰어내리는
햇살과 같다는 생각도 듭니다

오로지 말을 안으로만 쟁이므로
숲은 점점 더 무성해지는 것 같습니다
나뭇잎들은 마치 견고한 성벽 같은데도
주둥이 큰 새들은 끊임없이 지저귑니다

이른 가을

홀로 든 대덕산, 바람이 서늘하다
잡목과 잡초들 사이의 풀벌레 소리 옷섶에 묻어난다
처서 지난 지 달포, 한가위가 코앞인 오후 늦은 한때
낯익은 길을 벗어나 걷듯 말 듯 풀숲 헤치며 걷는다

제멋대로 자란 풀과 나뭇잎들처럼 마음이 흔들린다
골짜기 물소리에 마음 풀어 내리면
오래 걸어온 길들이 저만큼 물러나듯이,
그 길 위의 목마름도 한갓 바람이었듯이,
세상이 이리도 아득해지는 것을

눈을 들면, 옥빛 스러지는 하늘 자락에
느리게 가는 뜬구름 몇 조각, 그 그늘에서 여전히
엷은 햇살을 물어 나르는 멧새들이
그렸다 지우고 다시 그리는 저 포물선들,
그 언저리를 낮게 서성이는 바람 소리, 풀벌레 소리

가을 강가에서

소슬바람이 키를 조금 더 낮춘다.
강가에 서성이는 백로 한 마리
산 넘어 흘러가는 구름을 바라본다.
다시 흐르는 강물을 들여다본다.

네가 홀연 떠나 버리고, 어느덧
해가 몇 번이나 바뀌었는데도
또 이렇게 강가에서 글썽거리고 있을 뿐
펄럭이는 바람의 긴 옷자락.
차마 너를 잊을 수 없어
강물에 어른거리는 말들을,
함께 걷던 길 위의 기억들을 끌어안는다.

오늘도 하루해가 저무는 산발치에는
떨어지며 흩날리는 나뭇잎들
백로도 서녘 노을 속으로 스며들어 버리고
마음은 노을에 젖어 이리도 붉다.

가을 저녁 숲

가을 저녁 숲이 하늘을 슬며시 끌어당깁니다
한동안 제 발치를 내려다보던 나무들이
어깨 비비대며 허공에 사닥다리를 놓습니다
나무들의 말 없는 말들이
허공으로 오르기 시작합니다

하늘에는 별들이 흩어져 앉습니다
숲의 어둠살 위로 노 저어 내리는 달빛,
어떤 별들은 사닥다리를 타고 내려옵니다
환한 그 바깥 언저리,
나무들의 말 없는 말들 너머의 허공

숲에 깃들어 들여다보면
나무 발치에 시나브로 떨어져 쌓이는 나뭇잎,
어둠 뒤집어쓴 채 움츠리고 있는 풀잎들,
새들이 둥지에 드는 동안
갈 길을 잃은 나는 숲 속에 발이 묶입니다

(아득한 허공, 나무들의 말 없는 말들)

저녁 강

해가 발묵법의 그림처럼 서산마루에 걸린다
강물은 불콰해진 몸을 떠밀며 흘러간다

강가에 모여 서 있는 흰머리갈대들은
헐렁해진 제 삶을 허공 깊이 밀어 올리는지,
저희끼리 서걱서걱 온몸을 비비댄다

가면 돌아오지 않는 시간의 옷자락을 부여잡다가
놓아 버리는 나도
갈대들과 어우러져 서걱거린다
강물에 실려 아래로, 아래로 떠내려간다

버리고 비워야겠다고 마음먹으면서도
그와는 정반대로
차오르는 허접생각들, 한참이나 허공에 떠돌던
넋두리들도 가까스로 제 길로 접어드는지,

새들이 어스름 곳곳에 부드럽고 촘촘한
노래의 비단 자락을 펼쳐 줘서 그런 건지,

저녁 강은 그지없이 너그러워진다

갈대들과 어우러져 서걱거리는 이 한때가
넉넉하고 그윽하게 나를 감싸 안아 올려 준다

조락(凋落)

낙엽 지는 바위에 주저앉아 귀 기울인다
속도를 낮췄다 높였다 하는 바람, 바람 소리

시간은 발자국 소리를 내지 않는다

날줄과 씨줄, 수직과 수평으로
세상은 얽히고설켜 끝없이 돌리고 돈다

짜이고 끌어당기고 밀어내고 떨어뜨리는 저 소리들

땅바닥엔 개미 떼가 길게 줄지어 기어간다
불현듯, 새 한 마리가 하늘로 솟구치고

허공에는 느리게 바퀴를 굴리는 구름마차

바위에 바위처럼 앉아 한참 더 귀 기울이면
모든 소리들이 꿈결같이 희미하다

아무것도 잘 보이지 않는다

걸어온 길들을 발치에 벗어 놓고 들여다본다
어느덧 해가 서산마루에 걸리고

또 몇 잎, 나뭇잎들이 발등에 떨어져 내린다

늦가을 아침

마음 흔들어 연화좌로 앉혀 본다
유리창 밖은 아직 어스름,
잠을 막 털어 낸 멧새들이
앞뜰의 빈 나뭇가지 사이로 폴락거린다

그 아래 후줄근해진 꽃밭에는
미친 듯이 타는 샐비어 빨간 꽃잎들,
두리번거리던 단풍나무들도 본색을 드러내며
마구 색을 쓰는 중이다
그런데도 여전히 간밤 악몽 부스러기들이
등 뒤에서 부스럭거린다

이윽고 창유리를 두드려 대는 햇살,
다시 마음 흔들어 연화좌로 앉혀 본다
바이올린 선율이 안단테에서 모데라토,
다시 알레그로 콘 브리오로 바뀌고 있다

4부

다시 칩거(蟄居)

빗발이 잠깐 비치다 발을 오그린다
뛰어내리다 도로 올라가는 빛살처럼
내려오는 걸 아예 잊어버린 걸까
며칠 만에 정장 차림으로
집 앞 계단을 내려서다가 나도 모르는 사이
빈집으로 되돌아와 있다
벽시계의 바늘들은 어김없이 똑같은 보폭,
화분의 난초 역시 아까 그대로다
서너 개의 꽃대를 밀어 올리는 중이다
윗도리도 넥타이도 바지도 차례로 벗고
팬티와 러닝 바람으로 줄담배,
생각들이 빈집을 제멋대로 돌아다닌다
돌아다니는 게 아니라 나도 비어 간힌다
천장이 자꾸만 가물거린다
빙글빙글 돌아가고 있다
길이란 길은 모두 집으로 쳐들어와 있는 걸까
이 기막힌 길들의 무덤 속
마음은 벌거숭이, 몸도 매한가지다

물거품

파도가 더딘 걸음으로 밀려온다
저물녘의 바다,
어선들이 드리웠던 그물들을 다 끌어올렸는지,
수평선 위의 노을을 뒤집어쓰고 돌아온다

괭이갈매기들도 해종일의 길들을 모두
거둬들였는지, 다 놓아 버리고 말았는지,
날개 접고 등대 앞 바위섬에서 노닐고 있다

언제나 제자리에서 먼바다까지
꼭 움켜잡고 서 있는 등대는
포구 향한 어선들의 불빛을 끌어당기고 있다

내가 그토록 목마르게 찾아 나서던 건
저 수평선 너머의 아득한 외딴섬,
제 홀로 푸르러지는 한 그루 소나무,
그 푸른 꿈길이었는지도 모른다

나는 다시 가야 할 길을 떠올려 보지만

더욱 막막해진다
난바다를 떠돌다 여기까지 떠밀려 온 마음은
바위에 부딪쳐 허옇게 부서지는 물거품이다

어떤 포물선

낯선 강가의 인적 끊긴 둑길, 간밤 꿈에 만난 그 미루나무 한 그루가 비스듬히 서서 나를 내려다본다. 무심코 이끌리듯 달려와 걷고 있을 따름인데, 제 그림자 물 위에 길게 눕혀 놓은 채 까치집 두 채를 거느리고 서 있다. 우리 아파트 창밖 미루나무 모습을 빼닮았으나 조금 작고 허리가 휘어졌을 뿐인,

강가의 미루나무에 기대서서 바라본다. 불현듯 트란스트뢰메르*의 시 몇 구절이 물 위에 떠다닌다. 그가 깊이 읽었던 바로 그 '헤엄치는 검은 형체' 하나가 해 질 녘 강물에 어른어른 떠다닌다. 처음 와 본 이 강의 검은 형체 하나 역시 잠자는 녹색 그림을 벗어나 막 제 그림자와 하나 되려 한다.

어두워져 집으로 돌아오는 길에도 그 장면들이 물러서지 않는다. 하나로 어우러진 세 그루의 미루나무, 제 그림자와 하나 된 검은 형체 두 개가 앞 차장 유리에 어른거린다. 까치들이 돌아와 둥지에 든 미루나무와 트란스트뢰메르가 그 안까지 훤히 들여다봤던 검은 형체가 슬며시 포개

진다. 가까운 허공에 포물선을 그리며 마냥 따라온다.

* 1931년에 태어난 스웨덴의 시인.

문이 나에게

내가 기댈 데라고는 벽밖에 없습니다
나는 밖과 안 사이, 벽에 바짝 붙어삽니다
사람들의 벽은 나의 집, 내 삶의 터전입니다
사람들은 내가 살 집을 만들어 준 뒤
나를 밀고 당기며 안과 밖을 드나듭니다

사람들과 더불어 나는 열리고 닫힙니다
사람들은 내가 열려야 들어오고 나가면서도
그런 나를 혹사할 때가 적지 않습니다
제멋대로 닫고 열고 닫아 버립니다
안으로 굳게 빗장을 지르기도 합니다

나는 안과 밖을 내다보고 들여다봅니다
나를 꼭 붙잡고 서 있는 벽들도
내 눈치 보며 안팎을 살피곤 합니다
어떤 사람도 나를 통하지 않고서는
바깥세상에도, 안쪽 세계에도 이르지 못합니다

나는 비록 벽에 붙어 살아가지만

사람들은 벽 때문에 살고 죽게 마련입니다
이 세계의 안팎을 쥐락펴락하는 나는
사람들의 운명까지도 놓았다 쥐었다 합니다
나는 사람들에겐 늘 '좁은 문'이고 싶습니다

유리컵

희미한 소금등 불빛에 유리컵이 반짝인다
반쯤 차 있는 물을 건너다보면서
알약 한 봉지를 입안에 털어 넣는다
물 안 마시고도 몇 알은 쉽게 넘어가고
몇 알은 목에 걸린다
쓰디쓴 입안, 부르튼 입술,
유리컵의 물을 단숨에 들이켠다
소금등 끄지 않은 채 실내등을 켜니
환하게 쓰라려 오는 속, 벽들이 막무가내 옥죈다
탁자 위에서 투명하게 반짝이는 유리컵,
한밤의 깊이 모를 그늘들이 나를 칭칭 동여맨다
환한 불빛 받으며 빙글빙글 돌기 시작한다
잠은 달아나고, 날이 밝기를 기다리는 동안
그 초롱초롱한 시간의 눈동자들이
천장에 매달려 나를 뚫어지게 내려다본다
까닭 불투명한 통증보다 더욱 세게
방바닥에 나뒹구는 미움의 이 통증,
빈 유리컵보다도 투명하고 싸늘하게 반짝인다

벌레 소리

벌레들이 운다. 내 몸 어딘가에서
울음소리가 새어나온다. 머릿속에서인지,
발바닥, 아니면 가슴 어느 한 귀퉁이에서인지,
귓전에 모여서 점점 또렷해진다.
커지다가 작아지고 잠깐 끊기는 듯하더니

다시 커진다. 무슨 벌레 소리인지 알 수 없으나
내 몸 속에서 마음속으로, 마음에서 몸으로
오락가락한다. 밤이 깊어갈수록 더 절절해진다.

희미하게 켜져 있는 소금등, 내가 켜 놓은
소금등 불빛이 졸 듯 말 듯 나를 건너다본다.
오지 않는 잠을 떠메고 밤을 건너면서,

아직도 적막에 길들지 못해 뒤척이는 나는
한밤의 벌레집. 몸과 마음에 이내처럼 자욱한
그 울음소리. 밤이 새도록 낯선 벌레들이
머리카락에서 운다. 손바닥에서 울고
저만큼 벗어 놓은 내 발자국에서도 운다.

시간에게

너는 앞으로 가고, 나는 가다가 뒷걸음질한다. 되돌아오기도 한다. 앞으로만 가도 너는 앓지 않고 고장 나지 않는다. 늙지도 않는다. 나는 가다가 서다가 앓다가 나아졌다가 앓는다. 앓다가 나아져도 늙어 간다.

낮이나 밤이나 비가 오나 눈보라치나 세상이 뒤집혀도 너는 같은 걸음으로만 간다. 바늘로 찔러도 피 한 방울 나지 않는다. 나는 네 안에서 자꾸만 작아진다. 주저앉고 넘어지고 자빠진다. 비틀거리다 일어서고 일어섰다 비틀거린다.

네가 꽃을 피우고 떨어뜨리고 다시 피우고 떨어뜨렸다가 또 꽃피우는 동안, 나는 너의 그늘에 앉거나 드러눕는다. 한결같이 달리면서도 보이지는 않는 너를 더듬는다. 나는 언젠가 멈춰 서야겠지만, 오늘은 떠밀린다.

억겁을 그래 왔듯이 네가 하염없이 마냥 그대로 가는 동안 나는 다시 챗바퀴를 돌린다. 가려 하면 삐걱거린다. 영영 멈춰 버릴 것만 같은 강박감에 빠져들기도 한다. 또 억겁을 가는 네 발자국을 들여다보려 해도 허공만 보인다.

근황

아무래도 내가 갈수록 이상해지나 봐. 몸에 이롭기보다 해로운 것들만 자꾸 당기니. 그것들과 어울리지 않으면 배기기 어렵고, 어우러져도 목마르기는 매한가지이니.

땅에 발을 붙이려 애쓰는데도 마음은 허공에 떠서 흔들린다. 낯익은 길을 안경을 끼고 걸으면서도 낯선 꿈길을 더듬어 헤매기만 한다.

봄 여름 가을 겨울, 낮이나 밤이나, 잠 속에서도 잠 밖에서도 꿈을 꾸게 된다. 참으려 하면 할수록 담배가, 정신 차리려 하면 할수록 술이 더욱 당긴다.

아무래도 내가 갈수록 이상해지나 봐. 시도 때도 없이 꿈 저편 꿈속에 깃들이고 싶고, 길 밖의 길만 찾아 떠돌게 되니. 담배 연기와 함께, 술에 젖어서는 더더욱 목이 마르니.

끽연

애써 줄였던 끽연이 다시 늘었다
하루 세 갑에서 한 갑까지 낮췄는데
또 두 갑이면 몇 개비 남거나 말거나다
기분 나쁘거나 좋아서, 무료하거나 초조해서,
그보다는 몸에 밴 버릇이 문제지만,
이 문제는 여전히 풀리지 않는 숙제다

담배 연기가 몸속 깊이 들어오거나
내가 그 속에 들어간다
담배는 내가 아주 싫어하는
등 돌리기는 절대로 하지 않는다
한 개비씩 꺼내 불을 댕길 때마다
안 보려 해도 갑에 적힌 경고문에 눈이 가지만
내뿜는 연기가 이내 마음을 흔들어 놓는다

남에게 폐 안 끼치려 구석자리를 찾거나
몸이 잘 안 받아 줄 때도 곤혹스러우나 잠시다
사람이 밉거나 그리워져도, 삶이 너무 헐거워
한숨 나와도 나를 끌어당긴다

내가 빨려 들어간다

담배는 아무래도 헤어지기 어려운,

다정한 악마인가 보다

제자리걸음

길이 없어서 그런 걸까, 많아서 그럴까,
도무지 어디로 가야 할지, 자꾸만
발걸음이 멈춰진다. 멈춰 섰다가
제자리걸음으로 하강, 또 하강.

나무들이 저마다 초록 불을 켠다.
이름 모를 새들이 녹음을 박차며
용수철처럼 튕겨 오른다.
앞산이 슬며시 일어서서 나를 내려다본다.

갑자기 내리는 비, 가는 빗줄기 사이로
나무 몇 그루가
물끄러미 서 있는 내 앞에 다가선다.
길들이 뒤뚱거리며 저희끼리 얽히고설킨다.

흐릿한 기억들이 절뚝거리며 걸어간다.
그 반대편으로 나아가려 안간힘 써 봐도
가는 흙비 저편으로 물러서 버리는 길들.
발바닥은 또 영락없이 침침한 허공 속이다.

이윽고 날이 들자 저물고 붉게 타는 저녁놀,
새들이 둥지를 찾아 날아든다.
오늘 하루도 허공에 발 구르며 헛물켜듯,
제자리걸음만 거듭하다 여기 이대로다.

비몽사몽

집을 향해 천천히 오르막길을 오른다.
조금 전, 성당의 긴 의자에 앉아 깜빡 잠든 사이
그 짧은 꿈속에서 만난 작은 새 한 마리
포르르 나를 따라온다. 뒤돌아보면 안 보이는데
발을 옮기면 등 뒤에 낮게 지저귀며 따라온다.

요즘은 또 부쩍 꿈속이다. 졸기만 해도
꿈, 잠에 들면 어김없이 악몽 속이지만
오늘 낮의 꿈은 사뭇 다르다. 잠 밖에서도 비몽사몽,
게다가 온몸을 폭신하고 따스하게 감싸 안아 주다니,
이리도 마음까지 가볍고 아릿하게 흔들어 놓다니……

다시 천천히 걸어 집 앞에 이른다.
입 꽉 다문 자동문, 비밀번호가 언뜻 떠오르지 않는다.
나를 따라오던 새도 어디론가 날아가 버리고
유리문에 비친 내가 이쪽의 나를 멀거니 바라본다.
간밤 악몽 한 자락이 얼비치다 사라진다.

따스한 골목길

도회 변두리 나지막한 집들의 불빛이
골목길로 나와 서로 얼굴을 비비댄다

밤늦도록 일터에서 돌아오지 않는
남정네들을 기다리는 건지,

이따금 창 너머로 바깥을 기웃거리는
아낙들의 기다리는 그림자 몇몇

가로등은 저만치 비스듬히 서서
졸음 밀어내며 나를 맞아 주는 걸까

어느덧 겨울로 성큼 다가선 바람은
나뭇잎들을 사정없이 떨치고 있지만

이 골목길의 밤은 따스하다
젖어 오는 사람 냄새가 포근하다

평행선
— 아우 생각

미련 없이 다른 세상으로 떠나겠다는 너와
여기 함께 있자고 옷소매 붙잡던 나를
그는 어떤 생각을 하며 내려다보고 있었을까
벚꽃 떨어져 창유리에 흩날리는 봄 저녁,
너와 내가 그렇게 한참을 달리다가
잠시 멈춰 선 평행선 위에 무겁게 쌓이던 침묵,
그 질기게 짙은 어둠
그 침묵을 딛고 너는 무정하게 떠나고
나는 침대 모서리에 엎드려 짐승처럼 울었다

어느덧 해가 몇 번이나 바뀌고
다시 벚꽃 떨어져 흩날리는 봄날,
창가에 앉아 너를 더듬으면 그날이 너무 아프다
네가 떠나던 그 길이 너무나 애달프다
흔들리는 이 길은 아직도 먼지투성이,
안간힘으로 비틀거리며 걸어가는 나를
그는 지금 어떤 생각을 하며 내려다보고 있을까
너와 나의 이 평행선을,
죽어서 새로 사는 길과 살아서 죽을 맛인 이 길을,

맥문동(麥門冬)

주인 바뀐 지 오래된 고향 옛집
마당 한 귀퉁이의 맥문동 몇 포기,
담자색 꽃잎들 빼곡하게 밀어 올렸다
잊고 있었던 저 응달의 기억들,
담장 아래 햇살 받아 반짝이는 사금파리들

낙향한 아버지가 몇 년씩이나
도회의 병원 신세를 지다 끝내 돌아가시고
가세는 풍비박산, 철부지 소년 가장 시절
응달에서 남몰래 흘렸던 내 눈물들이
반세기 지난 지금 저토록 올망졸망 피어올랐다

부질없는 줄 알면서도 저 그늘의 꽃들이
가슴 우비고 저미게 하는 한나절,
혼절했다 깨어나듯 옛집 마당가에서
눈 비비며 풋풋해지는 맥문동 몇 포기,
담자색 꽃잎들을 흔들고 또 흔든다

자작나무숲
—— 톨스토이 영지에서

두 줄로 나란히 서서 잎사귀 떨어뜨리는
자작나무들, 훤칠한 발치 사이를 걷다가
하늘을 올려다본다. 잔뜩 찌푸린 허공,
낙엽들이 가슴속에도 흩날린다.

모스크바의 흐린 거리와 거기서 달려오던
길가의 자작나무들도 예까지 따라와서
자꾸 잎사귀들을 떨어뜨린다.

숲 속 길을 한참 걸어 당도한
톨스토이의 무덤, 비석도 팻말도 안 보인다.
누군가가 왜 이리 초라하냐고 중얼거리며,
넓은 영지와 너무나 소박한 무덤은
어울리지 않는다고 고개를 가로젓는다.
관 모양의 봉분 위에 가득 놓여 있는 생화들이
뭐라고 말을 건네는 것 같지만
알아들을 수 없나. 다시 오듯 말 듯 내리는
가는 비, 이마에 스치는 바람 소리.

러시아 사람들은 왜 자작나무들을 반드시 두 줄로
세워 놓는 걸까. 그 사이로 낙엽을 밟고 걸으면
낙엽 밟히는 소리가 가슴속에도 쌓인다.

왜 그럴까를 생각해 보는 사이 천천히 날이 저문다.
톨스토이 영지 입구에서 토산품을 팔던 노파들도
하나둘씩 짐을 꾸려 자리를 뜨는데
자작나무들은 여전히 잎사귀 떨어뜨리며 서 있다.

어떤 풍경

── 코로보프 블라디미르 보리소비치*에게

태양이 왜 거미줄에 걸려 빛을 쨍쨍 내리쬐었는지, 그 빛이 왜 화가들의 팔레트 속에서 유독 눈부시게 반짝이고 있었는지, 한참 생각해 보았습니다.

모스크바의 시월 하순. 비 내리다 멎어도 춥고 음산한 도심의 거리에서, 목도리를 고쳐 매면서, 당신이 감탄하던 그 음영과 색채의 오묘한 조화를 떠올려 보기도 했습니다.

에메랄드 초지 위의 차가운 이슬이 거미줄에 걸려 내리쬐는 그 빛의 렌즈로 백배 확대되고, 그 크리스탈 방울이 묻어난다던 당신의 그 여름날까지 더듬어 가 보기도 했습니다.

하지만 모스크바에선 이레가 넘도록 흘러내리는 햇빛을 한 번도 쬐어 보지 못했습니다. 어느 낡은 집 처마 밑에서 이지러지는 거미줄을 들여다보면서는 실소할 수밖에 없었지요..

그때 내가 늦가을의 그 거미줄에 매달려 전전긍긍했다

면 당신은 어떻게 생각하실는지요? 더구나 당신은 그 풍경들이 장대하고 화려하며, 꿈이나 봄과 같이 가볍다고도 하지 않았습니까.

돌아온 나는 지금 한반도의 맑고 밝은 가을 속을 거닐고 있습니다. 눈부시게 반짝이는 당신 꿈속의 그 태양 빛을 내가 만난 모스크바의 늦가을 풍경과 포개어 끌어당겨 보기도 합니다.

그런데 이곳에서 내 눈에 들어오는 거미줄들은 태양은커녕 왜 하나같이 정체불명의 그림자들을 옭아매고 있는지, 이토록 음산하게 마음 옥죄며 얽히고설키는지, 찬찬히 생각해 보고 있는 중입니다.

* 러시아 모스크바에서 활동하고 있는 시인이자 극작가.

고향 가는 길

고향 가는 길은 옛날로 가는 오솔길 같다
자동차의 속도를 더 내며 달려도
마음은 지난날 그 외진 길로
느릿느릿 걸어간다
하늘이 낮게 내려오고, 걸어가는 코앞으로
무수한 옛길들이 끊어지다 이어진다
뿌윰한 안개처럼, 안개 속에 엎드린 길들처럼,

자동차의 속도를 붙이면 붙일수록
고향은 다시 먼 옛날로 되돌아간다
나를 따뜻하게 품어 주지 않아 떠난 고향,
사는 게 너무 막막해 등지던 기억들이
예의 그 제자리에 멈춰 선 채 나를 바라본다
가까이 다가갈수록 투명해지는
그 기억들, 나는 그 어둠의
그림자들을 벗지 못한다

마을 어귀 작은 다리를 넘으면 흐려지는 눈앞,
귀가 순해진다는 이순을 훌쩍 넘겼건만

낙향해 일찍 세상 떠나신 아버지 생각,
가시밭길 헤치다 돌아가신 어머니 생각하면
반세기 지난 지 몇 해째인데도
나는 눈물 뜨겁던 그때 그 소년 그대로다
고향 가는 길은 아직
상처투성이 옛길 그대로다

비가(悲歌)
— 또 아우 생각

너를 기다린다. 안 돌아올 줄 알면서도
차마 돌아서지 못하고 마냥 서 있는 동안
땅거미가 밀려온다. 가까운 산에서
두견새가 운다. 서녘엔 아직 남은 노을 몇 가닥,
스러지는 그 붉음 속으로 날아가는 멧새 한 마리.

별들이 서둘러 눈을 뜬다. 마음은 자꾸만
네게로 달려가 투명해지고
나뭇가지에 걸려 물방울처럼 영롱해진다.
영롱하므로 이토록 쓰라릴 줄이야.
이다지 안 잊힐 줄이야.

바람이 분다. 어둠 밀려오고, 어두워질수록
환해지는 추억의 저 촘촘한 무늬들,
지난날은 여전히 그대로 살아 숨 쉬는데
바람이 차가워진다. 이 가혹한,
가까이 아득한 지 평행선. 그래도

하염없이 기다린다. 못 돌아올 줄 알면서도

차마 떨칠 수 없는 지난날들을 끌어안는다.
캄캄한 허공이 별들의 배경이듯이, 네 배경으로
나 여기 이렇게 저문 길 위의 돌이 된다.
돌이 되어 깊이깊이 너를 부둥켜안는다.

시(詩)에게

나는 이제 너를
그윽하고 투명하게 띄워 주고 싶어
말들을 붙들어 가두지 않고
어둡고 무겁게 질식시키지 말고
말의 고삐들을 하나하나 풀어 주고 싶어
사닥다리까지 놓아 주고 싶어

너는 언제나 침묵의 한가운데서,
또 다른 침묵으로 가는 길 위에서
설레며 눈을 뜨지만, 나는
그 순간들을 낮게 그러안고 있지

침묵만이 말의 깊은 메아리를 낳듯,
그 메아리가 은은하게 퍼져 나가듯
침묵 위의 은밀한 비상을 위하여,
너를 위하여 날개를 달아 주고 싶어
나는 진정 이제 너를
투명하고 그윽하게 보듬고 싶어

길과 침묵의 시학

오생근(문학평론가 · 서울대 명예교수)

이태수는 첫 번째 시집 『그림자의 그늘』(1979)로부터 이번 시집 『침묵의 푸른 이랑』(2012)에 이르기까지 전통적인 서정시의 영역에서 꾸준히 자기 세계를 구축해 온 시인이다. 등단한 후부터 거의 40년 동안 11권의 시집을 펴냈다면, 그는 평균적으로 3년에 한 권씩 시집을 묶은 셈이다. 이렇게 시인으로서 휴식이나 중단 없이 성실한 시 쓰기를 지속해 온 그의 시적 여정은 대체로 굴곡이 심한 변화보다 완만한 진화의 흐름을 보여 주었다고 할 수 있다.

그의 시는 대체로 난해한 모더니즘 계열의 시와는 일정한 거리를 둔다. 여섯 번째 시집 『그의 집은 둥글다』(1995)에서 그의 시론을 보여 주는 「난해시를 읽으며」의 화자는 난해시를 "비틀어지고 꼬부라진 말들의 숲"과 "아리송한 말잔치", "사금파리 같은 수사들"로 가득 차 있다는 점에서 비판하는 한편, 그러한 난해시와는 다른 "맑고 투명한, 진실하고 은은하게 깊은 시"에 대한 동경과 희망을 표현한 바 있다.

이러한 희망의 의지처럼 그는 지금까지 인공적인 조작의 난삽한 이미지들보다 쉽고 서정적이고 자연스러운 이미지들의 시를 추구해 왔다. 그러니까 "맑고 투명한, 진실하고 은은하게 깊은 시"란 시인의 시적 지향일 뿐 아니라, 오랜 세월 동안 이태수가 고집스럽게 지켜 온 그의 시 세계를 요약해 주는 대목이라고 할 수 있다. 그의 시적 특징을 잘 보여 주는 시로 『침묵의 푸른 이랑』의 다음과 같은 시를 예로 들어 보자.

바람은 풍경을 흔들어 댑니다
풍경 소리는 하늘 아래 퍼져 나갑니다

그 소리의 의미를 알지 못하는 나는
그 속마음의 그윽한 적막을 알 리 없습니다

바람은 끊임없이 나를 흔듭니다
흔들릴수록 자꾸만 어두워져 버립니다

어둡고 아플수록 풍경은
맑고 밝은 소리를 길어 나릅니다
비워도 비워 내도 채워지는 나는
아픔과 어둠에서 자유로울 수 없습니다

어두워질수록 명징하게 울리는 풍경은
아마도 모든 걸 다 비워 내서 그런가 봅니다

———「풍경」 전문

이 시는, 화자가 풍경 소리를 들으면서, 풍경은 바람에 흔들릴 때 그윽하고 맑은 소리를 내는데, 바람에 흔들리는 자신의 마음은 왜 밝아지기보다 어두워지는 것일까 하는 의문 속에서, 자신의 인간적 한계를 의식하고 반성하는 내용을 보여 준다. 이러한 깨달음의 과정에서 "비워도 비워 내도 채워지는 나는", "아픔과 어둠에서 자유로울 수 없"다는 말로 표현된 구절은 이기심이나 욕심과 같은 인간적 욕망으로부터 자유롭지 못한 자신을 반성하는 의미로 해석될 수 있다.

이런 점에서 이해와 해석이 별로 어렵지 않은 이 시구를 우리가 이 글의 서두에서 각별히 주목하고자 하는 이유는, 이태수의 모든 시에서 이처럼 화자가 자신의 마음을 비우고 반성하는 의미의 표현과 주제는 빈번히 나타나고 있기 때문이다. 어떤 의미에서 그는 자신을 비우고 낮추고 겸손

해지기 위해 시를 쓴다고 말할 수 있을 만큼, '비움'과 '내려놓음'은 그의 중요한 시적 주제들이다. 그러니까 「풍경」의 경우, 화자는 모든 것을 다 비움으로써 풍경이 맑은 소리를 내듯, 자신도 그러한 '비움'의 노력 끝에 "그윽하고 맑고, 밝은" 소리의 시를 쓰고 싶다는 의지를 드러낸 것이다. 이것은 「난해시를 읽으며」에서 화자가 지향하는 "맑고 투명한, 진실하고 은은하게 깊은 시"라고 말한 것과 거의 일치한다.

풍경 소리를 들으면서 풍경 소리와 같은 시를 쓰고 싶다는 희원을 드러낸 시인은 동시에 인간적인 욕망과 번뇌에 사로잡힌 자기 자신을 반성한다. 다시 말해서 성스러운 풍경 소리를 들을 때처럼 세속적 현실을 초월하고 싶다는 생각을 갖지만 시인은 결국 욕망의 현실로 돌아올 수밖에 없다는 한계에 대한 자각이 그의 반복되는 시적 여정의 내용이다.

지난번 시집 『회화나무 그늘』의 표4글에는 "먼지투성이의 '지금·여기'를 뛰어넘고 싶은, 그러면서도 다시 '여기·지금'을 끌어안게 되고 마는, 이 두 겹의 마음을 도대체 어떻게 해야 할는지…… 떠나가다가 되돌아오고, 되돌아와서는 이내 떠나고 싶어지는 이 갈등, 이 모순, 이 반복"이라는 고백 투의 빌인이 보이는데, 이러한 발언을 근거로 삼자면, 그의 시는 결국 초월에의 꿈과 현실 세계에 대한 애착의 갈등과 모순의 산물이며, '나'를 떠나서 '나'로 돌아오고,

현실을 떠나고 싶어 하면서도 현실로 돌아올 수밖에 없는 반복적 인식의 결과라고 할 수 있다. 삶이 그렇듯이, 그의 시에서 길의 주제와 표현이 자주 등장하는 것은 그런 이유 때문이다.

그 길은, 그것의 의미를 염두에 두지 않고 열거해 본다면 "나무들 사이로 낯설게 환한 길"(「밤하늘 — 침묵의 빛」), "나를 잃어버린 이 낯익은 길"(「꿈속의 집 3」), "나무 안으로 나 있는 길"(「나무의 말」), "마을도 집도 멀어지는 길"(「아득한 길 1」), "간밤 꿈속의 그 오솔길"(「아득한 길 2」), "차갑고 어두운 길"(「아득한 길 5」), "그를 따라 먼 길"(「산그늘」), "마음속 새 길"(「장마, 맑게 갠 하루」), "낯익은 길"(「이른 가을」), "그 푸른 꿈길", "다시 가야 할 길"(「물거품」), "가는 흙비 저편으로 물러서 버리는 길"(「제자리걸음」), "죽어서 새로 사는 길과 살아서 죽을 맛인 이 길"(「평행선 — 아우 생각」) 등 매우 다양하다.

그것은 차들이 달리는 집 밖의 길이나 호젓한 산책길처럼 구체적인 현실의 공간을 가리키는 것이기도 하지만, 대체로 몽상이 전개되고 생각이 정리되는 내면의 공간을 의미한다. 가령 「우울한 몽상」에서 보이는 "내가 내 안으로 걸어 들어갑니다"와 "내 안에서 내가 다시 걸어 나옵니다"와 같은 구절은 몽상의 시작과 끝을 암시하고, 「눈 감고 눈 뜨기」에 실린 "밤하늘의 별처럼 어둠 속에서 눈뜬 내가/ 나를 떠나 다시 어둑한 길을 나선다"는 진술은 시적 자아의 반성과 깨달음의 과정을 나타낸다.

또한 "안 보이던 길이 기지개 켜는/ 강의 저쪽으로 건너가야 한다/ 지나온 길 지우며 둥글게 거듭나는"(「아득한 길 2」)은 과거의 삶과는 다른 삶을 살겠다는, 삶의 태도와 관련된 실존적 의지를 반영하고, "눈뜨는 것과 눈을 뜨는 것의 차이/ 꿈과 지금 여기의 거리를 좁혀 줄 길"(「아득한 길 5」)은 꿈과 현실의 차이 혹은 거리를 나타내고, "버리고 비워야겠다고 마음먹으면서도/ 그와는 정반대로/ 차오르는 허접생각을, 한참이나 허공에 떠돌던 넋두리들을 가까스로 제 길로 접어드는지"(「저녁 강」)는 "허접생각"과 "넋두리" 같은 쓸데없고 분수에 맞지 않는 생각이 정리되는 단계를 나타낸다.

그 길 위에서 시적 화자들은 "세상 파도에 아무리 뒹굴어도 둥글어지기는커녕 왜 모가 새로 생겨나는"(「몽돌꽃」) 것일까 반성하기도 하고, 나무들이 잎사귀들을 떨구듯이 "마음을 야트막하게 내려놓는"(「나무의 말」) 겸허한 자세를 가다듬기도 한다. 또한 「눈, 눈, 눈」의 눈길 위에서는 무겁게 눈이 쌓이는 것처럼 "무거워지는 마음"을 뒤집어 가볍게 추슬러 보려 하고, 「아, 아직도 나는」에서는 "작아질 대로 작아진" 자신의 왜소함을 확인하기도 한다.

대체로 길을 떠닐 때, 시인은 친숙한 길을 가기보다, 낯선 길을 가려 한다. 낯선 길을 선택하기 때문에 시의 화자는 종종 길을 잃고 헤매기도 한다. 「가뭄」은 시의 화자가

길을 잃어버리는 경험을 시인의 개성적인 어법으로 노래한
시들 중의 하나이다.

길을 가다가 또 길을 잃었다.
늘 걷던 길인데도 불현듯 앞이 막막해
놓아버렸다. 놓아버린 길 저편 언덕에
자욱하게 시들고 있는 개망초꽃들, 그 꽃들을
내려다보는 낮달. 희멀건 그 얼굴을 빼닮은
내 마음 한 가닥, 미끄러져 내리다
나뭇가지에 매달려 흔들린다.

오장육부 다 드러낸 강을 굽어보는
정자의 낡은 문짝들이 흔들리고 있다.
오랜 가뭄 끝에 소낙비가 쏟아지려는지
눅눅한 바람이 몰려온다.
산자락 가문 밭에 물을 퍼다 나르는
농부의 구릿빛 팔뚝에 흘러내리는 구슬땀,
내 등허리도 땀범벅이다.

땀범벅이다. 삼복에 길을 잃고 헤매는 날들이,
그런 떠돌이 마음의 눈도 코도 입도 그렇다.
늘 걷던 길인데도 자꾸만 앞이 막막해
놓았던 길을 붙잡으려 하면 할수록 멀리

물러나 버린다. 비를 부르던 바람도 잦아들고

떠돌던 내 마음 한 가닥,

나뭇가지에 매달려 마냥 흔들리고 있다.

———「가뭄」 전문

시적 구성의 짜임새가 튼튼하면서도 쉽게 읽히는 이 시는 화자의 내면적 방황과 "산자락 가문 밭"에 "물을 퍼다 나르는" 농부의 분주한 모습이 절묘하게 어우러진 전개과정을 보여 준다. "삼복에 길을 잃고" 헤매던 화자의 등허리가 '땀범벅'이 되어 있는 것과 더위를 아랑곳하지 않고 일하는 농부의 '구슬땀'은 일치되어 나타난다. 그러니까 길을 잃고 방황하면서 길을 찾으려 하거나 "놓았던 길을 붙잡으려" 한 화자의 구도자와 같은 모습은 삼복더위에도 불구하고 땀 흘리며 일하는 농부의 노고와 다름없이 표현된다. 이러한 내면적 길 찾기의 노력 끝에 화자는 "떠돌던 내 마음 한 가닥, 나뭇가지에 매달려 마냥 흔들리고" 있는 것과 같은 안정된 상태에 도달한다.

또한 '나'를 떠나서 '나'로 돌아오거나, 낯선 길을 찾아 나서다가 길을 잃는다는 주제와 함께, 이번 시집에서 특징적으로 보이는 것은 '침묵'의 주제이다. 특히 1부에는 침묵이란 단어가 부제로 들어가 있는 시가 여섯 편이나 되는데 그것들은 "뜨거운 침묵", "침묵의 무늬", "침묵의 영토", "신성한 침묵", "침묵의 빛", "깨어나는 침묵" 등이다. 이러한 부제의 시들에서뿐 아니라 다른 시들에서도 침묵의 주제와 표현들은 자주 등장한다. 침묵이 이처럼 시인의 중요한 관심사가 되고 있는 까닭은 무엇일까?

우선 "뜨거운 침묵"이란 부제가 붙은 「정오 한때」에서 화자는 "나무 그늘 장의자에 누워" 쉬다가 정오의 햇볕이 내리쬐는 맞은편 벽에서 "뜨거운 침묵"이 감도는 것을 느끼며 그 벽 위에서 갑자기 들려오는 바이올린 선율과 소프라노 소리에 "침묵의 무리들"은 벽을 타고 하늘로 올라가고, 노랫소리가 그치자 다시 벽으로 돌아오는 과정을 노래한다. 아무런 사건도 일어나지 않은 상황에서 화자는 보이지 않는 침묵의 풍경을 이렇게 객관화하고 있는 것이다.

이러한 침묵의 형태와는 다르게 「어느 빈 마을 — 침묵의 영토」에서는 갈등과 소음이 없는 평화로운 마을의 침묵이 그려진다. 이 마을의 침묵은 "잘 자라는 나무 같고 무성한 풀잎 같"은 식물적 이미지로 표현되거나 "침묵 너머의 말들만 한데 어우러져" "입 벌어진 채 눈을 뜨고 있을 뿐"인 상태에서, "안 보이고 들리지 않게" 말소리가 들리는 초월적 세계의 침묵으로 묘사된다.

시인은 이런 침묵의 형상화를 통해 인간의 소음과 침묵을 넘어선 초월적이고 이상적 세계를 지향한다. 초월적 세계의 '침묵'은 「어떤 신기루 — 침묵의 무늬」에서 하늘에 떠 있는 집의 침묵과 「저녁 숲 — 신성한 침묵」에서 "제자리에서 어둠을 그러안는" 숲의 침묵으로 이어진다. 또한 「밤하늘 ― 침묵의 빛」에서 보이는 어두운 밤의 숲은 "느린 듯 느리지만은 않게 침묵 속으로 길을 트는 중"이라거나 침묵은 "나무들 사이로 낯설게 환한 길을 내고 있다"에서 알 수 있듯이, 그것은 길을 찾는다는 의미와 같은 길을 만든다는 행위로 연결된다. 이렇게 침묵은 아무 사건도 일어나지 않는 정적인 상태가 아니라 모험과 창조의 주체가 되어 있는 것이다.

침묵이란 부제의 시들 외에 침묵의 주제가 의미 있게 나타난 시는 「달빛 속의 벽오동」이다.

달빛이 침묵의 비단결 같다
우두커니 서 있는 벽오동나무 한 그루,
그 비단결에 감싸인 채
제 발치를 물끄러미 내려다보고 있다
깊은 침묵에 빠져들어
마지막으로 지는 잎사귀들을 들여다보고 있다

벗을 것 다 벗을 저 늙은 벽오동나무는
마치 먼 세상의 성자, 오로지
침묵으로 환해지는 성자 같다
말 없는 말들을 재우고 다지고 지우는 저 나무,
밤 이슥토록 달빛 비단옷 입고
이쪽을 그윽하게 바라보고 있다

오랜 세월 봉황 품어 보려는 꿈을 꿨는지,

그 이루지 못한 꿈속에 들어 버렸는지,

제 몸을 다 내려놓으려는 자세로 서 있다

달빛 비단 자락 가득히

비단결 같은 가야금 소리, 거문고 소리,

침묵 너머 깊숙이 머금고 있다

—「달빛 속의 벽오동」전문

　가을 밤 벽오동나무를 바라보는 화자는 모든 잎사귀
들을 벗어 버린 나무의 모습을 "침묵으로 환해지는 성자"
에 비유한다. 이러한 신성성의 비유는, 다른 시「가을 저녁
숲」에서 "나무들의 말없는 말들이／ 허공으로 오르기 시
작"한다는 구절의 의미를 연상시킨다. 잎사귀들을 떨군 나
무의 '말 없는 말', 즉 침묵의 언어는 이해타산적인 세속에
함몰되지 않은, 성자의 삶과 같은 교훈을 가르쳐 준다. 또
한 "때가 되면 어김없이 비우고 내려놓아야만" "뛰어오르
고 차오를 수 있다고 말없이 말을 한다"는 구절은 나무가
보여 주는 침묵의 언어가 '비움'과 '내려놓음'의 가르침과
같다는 것을 환기시킨다. 이러한 침묵의 언어는 세속적 언
어가 아닌 "비단결 같은 가야금 소리, 거문고 소리"와 같은
그윽한 음악의 소리일 것이다.
　이태수는 이렇게 언어를 통해서 언어를 넘어선 침묵의
세계를 동경하거나 성스러운 침묵의 언어를 탐구한다. 물

론 그의 탐구는 절대적인 '무(無)'와 초월의 세계에 이르기 위한 것이 아니라 세속적 현실의 세계로 돌아오기 위한 것이다. 마찬가지로 그것은 시의 언어를 떠나기 위한 것이 아니라 진정한 시의 언어로 귀환하기 위한 것이다.

「시(詩)에게」는 언어에 대한 시인의 반성적 사유를 읽어 볼 수 있다는 점에서 의미 있는 시이다.

> 나는 이제 너를
> 그윽하고 투명하게 띄워 주고 싶어
> 말들을 붙들어 가두지 않고
> 어둡고 무겁게 질식시키지 말고
> 말의 고삐들을 하나하나 풀어 주고 싶어
> 사닥다리까지 놓아 주고 싶어
>
> 너는 언제나 침묵의 한가운데서,
> 또 다른 침묵으로 가는 길 위에서
> 설레며 눈을 뜨지만, 나는
> 그 순간들을 낮게 그러안고 있지
>
> 침묵만이 말의 깊은 메아리를 낳듯,
> 그 메아리가 은은하게 퍼져 나가듯
> 침묵 위의 은밀한 비상을 위하여,
> 너를 위하여 날개를 달아 주고 싶어

나는 진정 이제 너를

투명하고 그윽하게 보듬고 싶어

—「시에게」 전문

시인은 무엇보다 말들을 "가두지 않고", "질식시키지 말
고", 자유롭게 풀어 주고 싶다는 뜻을 강조한다. 물론 시인
이 바라는 말들의 자유와 해방에는 어떤 원칙과 전제가 있
어야 할 것이다. 그것은 "침묵의 한가운데서", "또 다른 침
묵으로 가는 길 위에서" 태어나는 시의 언어는 "침묵만이
말의 깊은 메아리를 낳"기 때문에 자유와 해방을 위해서
언어는 언제나 침묵과의 긴장 관계를 잃지 말아야 한다는
것이다. 이런 점에서 처음부터 끝까지 침묵의 언어를 동경
하는 이태수의 시 세계는 화려한 '말잔치'와는 거리가 먼
침묵의 시학으로 요약될 수 있을 것이다. 결론적으로 말하
면 그의 시 세계는 이 글의 서두에서 인용한 「난해시를 읽
으며」의 "맑고 투명한, 진실하고 은은하게 깊은 시"의 분위
기와 일치한다.

이태수

1947년 경북 의성에서 태어났다. 1974년 《현대문학》으로 등단, '자유시' 동인으로 활동했으며, 매일신문 논설주간, 대구한의대학교 겸임교수, 대구시인협회 회장, 한국신문방송편집인협회 부회장 등을 지냈다. 『그림자의 그늘』, 『우울한 비상의 꿈』, 『물속의 푸른 방』, 『안 보이는 너의 손바닥 위에』, 『꿈속의 사닥다리』, 『그의 집은 둥글다』, 『안동 시편』, 『내 마음의 풍란』, 『이슬방울 또는 얼음꽃』, 『회화나무 그늘』 등 시집 10권을 냈고, 육필시집(시선집) 『유등 연지』, 미술 산문집 『분지의 아틀리에』, 『천주교대구대교구 100년 가톨릭 문화 예술』 등의 저서가 있다. 대구시문화상(문학), 동서문학상, 한국가톨릭문학상, 천상병시문학상, 대구예술대상 등을 수상했다.

침묵의 푸른 이랑

1판 1쇄 펴냄 · 2012년 11월 2일
1판 6쇄 펴냄 · 2022년 4월 1일

지은이 · 이태수
발행인 · 박근섭, 박상준
펴낸곳 · (주)민음사

출판 등록 1966. 5. 19. 제16-490호
서울특별시 강남구 도산대로1길 62(신사동)
강남출판문화센터 5층 (우편번호 06027)
대표전화 02-515-2000 / 팩시밀리 02-515-2007
www.minumsa.com

민음의 시
목록